la courte échelle

Les éditions de la courte échelle inc.

Joceline Sanschagrin

Citadine dans l'âme, mais amatrice de calme et d'air pur, Joceline Sanschagrin partage sa vie entre la ville et la campagne. Peut-être à cause de ce besoin constant de bouger, de découvrir et d'apprendre, elle explore très tôt le monde des communications, domaine qu'elle fréquente toujours avec plaisir.

Chroniqueuse et recherchiste pour la télévision et la radio, elle a travaillé pendant plusieurs années à l'émission *275-Allô,* une tribune téléphonique pour les jeunes de 6 à 12 ans diffusée à la radio de Radio-Canada. Elle a collaboré comme journaliste pigiste à plusieurs revues et journaux, fait du théâtre pour enfants dans les écoles et écrit des romans pour les jeunes, dont *La fille aux cheveux rouges*, finaliste du prix du Gouverneur général du Canada en 1989. *La marque du dragon* est le sixième roman qu'elle publie à la courte échelle.

Pierre Pratt

Montréal, Toronto, puis Paris, Londres, Barcelone et Tokyo… Grâce à ses illustrations, Pierre Pratt a parcouru le monde entier. Et s'il a accordé à Lisbonne sa préférence, c'est sans doute à cause de sa gamme de couleurs vives et de tons chauds.

Partout on reconnaît son coup de crayon particulier, dans les dizaines de livres qu'il a illustrés et les affiches qu'il conçoit. Pierre Pratt a obtenu le prix du Gouverneur général et le prix du livre M. Christie, ainsi que plusieurs autres distinctions internationales, dont le prix Unicef de la Foire du livre de Bologne.

Pierre Pratt est aussi mélomane: en plus de jouer de l'accordéon, il est friand de jazz, d'airs tziganes et, évidemment, de fado portugais. *La marque du dragon* est le sixième roman qu'il illustre à la courte échelle.

De la même auteure, à la courte échelle

Collection Roman Jeunesse

Série Wondeur:

Joceline Sanschagrin

LA MARQUE DU DRAGON

Illustrations
de Pierre Pratt

la courte échelle

Les éditions de la courte échelle inc.

Les éditions de la courte échelle inc.
5243, boul. Saint-Laurent
Montréal (Québec) H2T 1S4

Conception graphique:
Derome design inc.

Révision des textes:
Lise Duquette

Dépôt légal, 1er trimestre 1999
Bibliothèque nationale du Québec

La courte échelle bénéficie de l'aide du ministère du Patrimoine canadien dans le cadre de son programme d'Aide au développement de l'industrie de l'édition. La courte échelle est aussi inscrite au programme de subvention globale du Conseil des Arts du Canada et bénéficie de l'appui du gouvernement du Québec par l'intermédiaire de la SODEC.

Données de catalogage avant publication (Canada)

Sanschagrin, Joceline

    La marque du dragon

    (Roman Jeunesse; RJ82)

    ISBN: 2-89021-355-2

    I. Pratt, Pierre. II. Titre. III. Collection.

PS8587.A373M37	1999	jC843'.54	C98-941595-3
PS9587.A373M37	1999		
PZ23.S26Ma 1999			

Chapitre I
Le Cercle

— Le dragon!

Wondeur a crié.

Réveillée en sursaut, elle se dresse sur un coude et cherche son sabre. Chevelure rouge ébouriffée, l'air ahuri, elle regarde autour d'elle. Les murs se mettent à valser. Elle pose prudemment la tête sur l'oreiller.

Elle ferme les yeux. Le dragon réapparaît.

Wondeur guette la silhouette de l'animal qui approche. Elle distingue la toison gris verdâtre et la longue queue couverte d'écailles jaunes. Elle perçoit l'odeur et le souffle de la bête fabuleuse. Lentement, le dragon dirige vers elle son regard couleur de cendre. La fille aux cheveux rouges frissonne et ouvre les yeux. Elle n'a jamais vu la pièce où elle se trouve.

Claire et spacieuse, la chambre est meublée de commodes anciennes. Par la fenêtre, les branches d'un févier se balancent au gré du vent, le vert des feuilles luit au soleil. Wondeur se détend:

— C'est le févier de la roulotte de Faye… Je suis revenue dans la Cité de verre.

La fille aux cheveux rouges a l'impression d'avoir dormi pendant des jours. Pourtant, elle est crevée. Le combat au sabre qu'elle a livré pour s'échapper de l'antre du dragon a été rude. Tous les muscles de son corps sont endoloris. Sa peau est couverte d'ecchymoses et d'écorchures.

La jeune guerrière se repose. Par la fenêtre ouverte, elle reçoit la rumeur de la Cité de verre, royaume des magiciens et des charlatans. Elle entend le grincement des freins des automobiles, le mugissement des sirènes des bateaux. Elle écoute le sifflement plaintif d'une locomotive qui traîne sa charge vers la ville.

— Ta fièvre a baissé, fait une voix familière.

Une femme au teint foncé se tient au chevet de Wondeur. Elle porte une robe ocre brodée d'arabesques. Les broderies emprisonnent de minuscules miroirs ronds. À chacun des mouvements de la femme, ils reflètent la lumière.

Wondeur tente de se redresser. Le décor recommence à tanguer.

— Faye, je suis contente de vous revoir, bredouille la fille aux cheveux rouges en se recouchant.

Faye Labrune s'assoit sur le bord du lit et prend la main de sa protégée. Les yeux

ardents comme des braises, la magicienne confie:

— J'ai cru que tu ne reviendrais jamais. Un an, c'est long.

La jeune fille s'étonne. Il lui semble que son séjour chez le dragon n'a duré qu'une journée.

— Tu as grandi, s'émerveille Faye.

Wondeur se souvient vaguement de son reflet dans la glace au retour de sa mission. Ses cheveux rouges avaient poussé, les jambes et les manches de sa combinaison de vol étaient trop courtes.

— Tu as réussi l'épreuve que le Cercle des magiciens t'avait imposée, constate Faye.

Et elle indique un bracelet sur la table de chevet.

Wondeur étire un bras incertain et attrape le bijou. Elle l'examine.

De couleur ivoire, légèrement translucide, le bracelet est taillé dans la corne de vache. Il est décoré de traits noirs et blancs.

— J'ai rapporté le bracelet comme l'exigeaient les magiciens du Cercle. Je n'ai pas combattu le dragon, confesse Wondeur.

Devant le regard interrogateur de Faye, elle explique tristement:

— Quand je suis arrivée chez le dragon, il était mourant. Il m'a cédé le bracelet à condition que je l'accompagne…

Envahie par des souvenirs et des images pénibles, Wondeur se tait. Faye Labrune lui serre la main et devine:

— Tu as accompagné le dragon aux portes de la mort…

Wondeur baisse les paupières. Pour endiguer sa peine, d'un ton résolu elle affirme:

— Dès que j'aurai repris des forces, nous irons remettre le bracelet aux magiciens du Cercle. En échange, ils m'aideront à retrouver la femme qui m'apparaît en rêve et promet de me redonner mes pouvoirs…

— Repose-toi, conseille Faye, l'air préoccupé.

Exténuée, Wondeur s'endort, le bracelet en corne de vache à la main. Elle rêve qu'elle maîtrise de nouveau le plus précieux de ses pouvoirs. Un élan suffit et elle quitte le sol. Elle est capable de voler.

La fille aux cheveux rouges monte très haut dans les airs. Profitant de vents ascendants, elle plane au-dessus de la Cité de verre et survole les gratte-ciel.

Songeuse, Faye Labrune veille sur le sommeil de sa protégée. Wondeur est une guerrière accomplie et une apprentie magicienne prometteuse. Elle revient transformée de sa confrontation avec le dragon. Elle ignore cependant ce qu'elle rapporte dans ses bagages.

Faye observe qu'elle-même ne sait pas tout des changements qui se préparent. La magicienne n'a qu'une certitude: ces changements exigeront beaucoup de Wondeur qui devra grandir encore davantage.

Faye joint les paumes des mains l'une contre l'autre. Les yeux fermés, elle se concentre et murmure:

— Forces de l'univers, unissez-vous… Aidez-moi à guider Wondeur.

* * *

Tamisé par l'humidité de l'air, le soleil réchauffe la cour de la roulotte. Attablée sous le févier géant, sa combinaison de vol fripée et déchirée, Wondeur termine son premier repas.

Le teint rose, les traits moins tirés, elle boit une infusion d'herbes fortifiantes. Les bleus qui lui couvrent le corps tournent au jaune et au violet. La jeune guerrière se remet de sa mission chez le dragon.

Sur la table devant elle, Wondeur a posé du papier et un crayon. Avant toute chose, elle a l'intention d'écrire à son père, le Karatéka, pour lui donner de ses nouvelles.

Assise en tailleur, Wondeur considère la roulotte de Faye située entre deux gratte-ciel. Avec son toit en pignon et sa cheminée, avec ses grandes roues à rayons, la remorque rappelle les maisons des bohémiens.

Tout près, Faye Labrune flâne dans une des allées de son jardin. Satisfaite, elle contemple l'étang nouvellement aménagé. Un nénuphar rose flotte au centre de la pièce d'eau. Confortablement installée sur une des feuilles rondes, une grenouille du nord profite de la douceur du matin.

Devant la luxuriance et la variété des plantes qui poussent autour d'elle, Wondeur s'émerveille:

— On ne se croirait jamais au milieu d'une ville.

Faye esquisse un sourire distrait et prend place à côté de sa protégée.

— Maintenant que tu es rétablie, je dois te mettre au courant… Après ton départ pour combattre le dragon, les événements se sont précipités. Un groupe de magiciens du Cercle a exigé la démission de Melkior. Notre chef s'est retiré et les querelles se sont multipliées quant au choix de son successeur. À la suite de ces disputes, plusieurs magiciens ont quitté l'association.

Wondeur pâlit. Elle s'était bien entendue avec Melkior qui semblait sincèrement désireux de l'assister. Sans l'appui du vieux chef, la négociation s'annonce difficile.

Faye ajoute, l'air contrit:

— Je ne pourrai t'accompagner au Cercle. Je n'en fais plus partie.

De plus en plus déçue, Wondeur blêmit. Faye et Melkior absents, elle se demande si les magiciens respecteront leur promesse.

— Qui dirige le Cercle?

— Tu te souviens probablement d'Aïsha.

— Sorte d'affaire!

La fille aux cheveux rouges s'est levée d'un bond. Comme un lion en cage, elle arpente la petite cour en long et en large.

Comment pourrait-elle avoir oublié Aïsha, la magicienne qui porte un arc et un carquois rempli de flèches? Comment pourrait-elle ne pas se souvenir de cette jeune femme ambitieuse et cruelle? C'est à la suggestion d'Aïsha, justement, qu'elle a dû affronter le dragon. Wondeur commente sèchement:

— La sagesse d'Aïsha est nulle. Elle ne va pas à la cheville de celle de Melkior.

Faye aimerait que Wondeur se calme. Elle n'a pas récupéré toutes ses forces et il lui faut se ménager. La jeune fille en décide autrement:

— Je m'en vais sur-le-champ dans la Forêt des parfums. Je veux m'entretenir avec les magiciens du Cercle.

Et elle s'assure que le bracelet en corne de vache est bien au fond de sa poche.

— Tu devrais te reposer, suggère Faye.

Personne ne saurait retenir Wondeur. Elle attend ce moment depuis trop longtemps.

Résignée, la magicienne pose un baiser sur le front de sa protégée. Les mains sur les épaules de la jeune guerrière, elle re-commande:

— Rappelle-toi qu'Aïsha est rusée. Je t'accompagne en pensée. Reviens vite et bonne chance.

D'un pas résolu, Wondeur se dirige vers le févier… et passe à travers le tronc!

Elle débouche aussitôt dans une forêt magnifique baignée d'une lumière verte apaisante. Entre les arbres plusieurs fois centenaires flottent des odeurs ensorcelantes.

* * *

Wondeur est enchantée par l'arôme des aiguilles de pin séchées, par le bouquet des fougères, des framboisiers et des peupliers baumiers, par la fragrance fine des violettes.

Le nez au vent, elle marche jusqu'à la clairière où se réunit habituellement le Cercle des magiciens.

Bientôt, une étrange procession fait son entrée. Tenant un brancard au-dessus de leur tête, une vingtaine de personnes portent une femme que Wondeur reconnaît sans l'ombre d'un doute.

— Aïsha…

La magicienne est souverainement étendue et contemple paresseusement le paysage. Vêtue d'un bustier et d'une jupette plissée kaki, elle est chaussée de sandales de la même couleur. Un mince bandeau de cuir lui ceint le front. Aux côtés d'Aïsha sont posés un arc et un carquois rempli de flèches.

Quand les porteurs aperçoivent Wondeur, ils s'arrêtent.

— Qu'est-ce qui se passe? s'informe Aïsha, courroucée.

La magicienne découvre la présence de Wondeur et ordonne:

— Posez-moi par terre.

Altière, Aïsha marche vers la fille aux cheveux rouges et jette un oeil dédaigneux sur sa combinaison de vol trop courte et fripée. Un sourire narquois sur les lèvres, elle la toise des pieds à la tête:

— Il t'en a fallu du temps pour combattre le dragon.

Wondeur réplique seulement:

— J'apporte le bracelet.

Aïsha se hâte de tendre la main pour prendre le bijou. Wondeur se méfie:

— Je remettrai le bracelet quand les magiciens du Cercle seront réunis.

D'un air mauvais, Aïsha rétorque:

— Le Cercle des magiciens est justement réuni devant toi.

Et elle indique les porteurs.

Wondeur examine curieusement les gens qui entourent Aïsha. Elle ne reconnaît aucun des magiciens présents lors de sa première rencontre avec le Cercle. Elle observe que tout le monde est vêtu d'une tunique noire tombant jusqu'aux chevilles.

Seuls des hommes sont présents. Ces hommes portent tous un médaillon et ils ont tous, sans exception, la barbe taillée de la même façon. Aucun d'entre eux ne s'intéresse à Wondeur qui en éprouve une drôle d'impression.

— Tu me donnes le bracelet? s'impatiente Aïsha.

Wondeur parcourt l'assemblée du regard. Elle s'adresse aux magiciens d'une voix forte:

— En échange du bracelet, les magiciens du Cercle ont promis de m'aider à retrouver le pouvoir de voler.

Les hommes en tunique restent sourds. Ils dévorent Aïsha des yeux et ne réagissent aucunement aux paroles de Wondeur.

Condescendante, Aïsha finasse:

— Ah oui, j'oubliais… Tu as perdu tes pouvoirs… Expose ton cas à ces messieurs. L'un d'eux s'en occupera.

Et elle claque des doigts:

— Messieurs, soyez attentifs.

Les hommes en tunique tournent leurs yeux hagards vers Wondeur.

— Voilà. Je… Je ne…

Wondeur s'arrête net. La situation est trop absurde. Ces magiciens ne connaissent rien d'elle. Ils ne lui ont jamais rien promis. Même si elle leur racontait qu'une femme très belle lui apparaît en rêve et promet de lui redonner ses pouvoirs, même si elle leur expliquait qu'elle désire rencontrer cette femme, les magiciens n'entendraient pas. Ils continueraient de la traiter avec indifférence. Dépitée, Wondeur pense:

«Ces hommes n'ont d'yeux que pour Aïsha. Ils seraient tous follement amoureux d'elle que ça ne me surprendrait pas.»

Une idée s'insinue lentement dans l'esprit de la fille aux cheveux rouges. Une idée qu'elle refuse d'abord de croire: le

Cercle est devenu une secte où règne la magicienne à l'arc et aux flèches. Les hommes en tunique ne sont pas magiciens, ce sont des adeptes. Et ils ne semblent plus avoir de volonté propre.

Dégoûtée, Wondeur comprend que le Cercle se résume maintenant à une seule personne: Aïsha.

— Wondeur, aurais-tu perdu ta langue?

La jeune guerrière réfléchit. Comment connaître les véritables intentions d'Aïsha?

C'est alors que le souvenir du dragon mourant resurgit dans la mémoire de Wondeur. La voix de l'animal fabuleux lui souffle:

— Le bracelet permet de voir les rêves… Il montre ce que le coeur désire ardemment…

Mine de rien, Wondeur glisse la main dans sa poche et passe tout doucement le bracelet en corne de vache à son poignet. Elle voit qu'Aïsha n'a qu'un désir au coeur: prendre possession du bijou, puis commander aux hommes en tunique de se débarrasser d'elle.

La vision galvanise Wondeur. Elle doit s'enfuir de la Forêt des parfums au plus

24

vite. Aïsha a le bracelet dans le sang, ses ancêtres le cherchent depuis sept cents ans. La magicienne ne renoncera jamais au bijou. Les hommes en tunique obéiront aveuglément aux ordres de leur maîtresse.

Une deuxième fois, le souvenir du dragon mourant vient à la rescousse de Wondeur. Elle entend la voix de l'animal fabuleux:

— Le bracelet a des pouvoirs... Les magiciens du Cercle ignorent lesquels...

Wondeur peut bluffer, Aïsha n'y verra que du feu. D'un ton qu'elle veut assuré, l'apprentie magicienne annonce:

— J'ai décidé de garder le bracelet.

La stupeur se lit sur le visage d'Aïsha. Les hommes en tunique ont l'air inquiets. Ils se balancent sur une jambe puis sur l'autre.

— Répète ce que tu as dit, ordonne Aïsha, les yeux exorbités.

Wondeur joue le tout pour le tout. Afin que le bijou soit visible, elle lève le bras au-dessus de sa tête.

— Ne vous approchez pas. La personne qui porte le bracelet peut lyophiliser n'importe qui en une fraction de seconde.

— Lyo... prononce Aisha, soudainement épouvantée.

— Lyophiliser ou, si vous préférez, déshydrater jusqu'à ce que le corps s'effrite. C'est le sort que je réserve à quiconque me suivra. Adieu.

Le coeur battant, la fille aux cheveux rouges tourne les talons et quitte la clairière. Pour dissimuler sa peur, elle s'éloigne lentement. Pour ne pas prendre panique, elle s'applique à compter chacun de ses pas. Dès qu'elle parvient hors de la vue d'Aïsha et de sa troupe, elle court à toutes jambes. Elle se précipite à travers le févier géant.

Chapitre II
Le cahier noir

Haletante, l'apprentie magicienne fait irruption dans la roulotte. Faye Labrune est installée au salon où elle tricote une écharpe en laine de lama. En voyant surgir Wondeur, elle saute sur ses pieds:

— Ça va?

Toute au bonheur d'avoir échappé à Aïsha, Wondeur raconte son expédition sans reprendre son souffle. Son récit terminé, elle saisit la gravité de la situation. Lourde comme une roche, elle se laisse tomber sur le sofa.

— Le Cercle des magiciens n'existe plus… et Aïsha ne m'aidera pas.

L'air grave, Faye se tait.

Wondeur se lève et marche jusqu'à la fenêtre du salon.

— Je suis allée chercher le bracelet pour rien. Je me suis exposée au dragon sans raison.

Faye se désole. Elle a beau analyser la

situation, l'examiner sur toutes les coutures, elle ne trouve pas de solution.

— Qu'est-ce que je vais faire? demande l'apprentie magicienne d'un ton douloureux.

Faye Labrune ne voit qu'une réponse possible à la question:

— Quand une route est impraticable, il faut en choisir une autre.

Wondeur ne réagit pas et Faye s'inquiète. Fortement remuée par la mort du dragon, la jeune guerrière est encore faible physiquement, ce qui la rend vulnérable. Il faut l'encourager.

— Wondeur, n'oublie pas que tu es apprentie magicienne. Tu dois croire en la vie et suivre son flot.

La fille aux cheveux rouges a frémi. Faye continue:

— Ne t'attarde pas à ce que tu as perdu. Considère plutôt ce que tu as gagné: le bracelet du dragon t'appartient.

— Mais je ne veux pas du bracelet! Ce que je veux, c'est retrouver le pouvoir de voler!

Wondeur est exaspérée, elle lève le ton:

— Vous me parlez d'une route! Je ne vois pas de route!

Soulagée de voir réagir sa protégée, Faye se fait convaincante:

— Tu as beaucoup gagné de ta mission. Ta confrontation avec la mort t'a mûrie et tu reviens transformée. Tu es devenue l'héritière du dragon. Tu possèdes non seulement son bracelet, mais également son cahier.

Interloquée, Wondeur se calme un peu. Le cahier noir du dragon, elle l'avait presque oublié.

— Le cahier ne m'appartient pas. Avant de mourir, le dragon me l'a confié pour que je le porte à l'adresse inscrite sur la page de garde.

— Une adresse… Tu as une adresse!

L'air radieux, Faye lève les bras au ciel en faisant voler les aiguilles de son tricot:

— Voilà! Voilà la route que tu cherches! Elle est inscrite sur la page de garde du cahier.

La magicienne lit le doute dans les yeux de sa protégée. Elle juge le temps venu de faire le point:

— Wondeur, tu es l'héritière du dragon. Tu portes sa marque. L'as-tu oublié?

La fille aux cheveux rouges demeure un moment interdite. Une impulsion subite l'incite à toucher son bras gauche. Elle relève fébrilement la manche de sa combinaison de vol… et découvre près du coude un tatouage bleu en forme de zigzag qui ressemble à un éclair.

Wondeur se rappelle vaguement avoir déjà vu ce tatouage. C'était avant de perdre conscience le soir où elle revenait de la caverne du dragon, épuisée.

Curieuse, l'apprentie magicienne examine attentivement la marque et l'effleure d'un doigt hésitant. Autour du zigzag, la peau est rude et pailletée.

— Sorte d'affaire! On dirait des écailles de…

— De dragon, complète Faye.

Stupéfiée, Wondeur ne peut détacher son regard du zigzag. Minuscules, les écailles sont irisées comme l'intérieur d'un coquillage. Faye explique:

— Cette marque s'appelle la Queue du dragon et tous les magiciens la craignent. Aïsha l'a aperçue, c'est pourquoi elle t'a laissée partir si facilement. Cette marque prouve que tu es l'héritière du dragon.

Wondeur lève sur Faye des yeux horrifiés. Atteinte jusque dans son corps, la fille aux cheveux rouges se révolte:

— Les magiciens m'envoient faire leurs courses et puis disparaissent… Le dragon m'offre un cadeau empoisonné que vous appelez un héritage… J'en ai assez de toutes ces manigances et exigences de magiciens! Assez des directives et des secrets! Dorénavant, je fais ce qui me plaît et je n'obéis plus à personne!

Sans ajouter un mot, elle quitte le salon et fait claquer la porte.

Faye soupire et reprend son tricot. Elle attendra le temps qu'il faudra.

* * *

Pendant trois jours, la fille aux cheveux rouges s'enferme dans sa chambre. Pendant trois jours, elle oscille entre l'abattement le plus total et la colère la plus folle.

La troisième journée, assise dans la position du lotus, les yeux fermés, Wondeur médite. Elle est paisible et tout s'éclaire. Elle comprend qu'elle n'a pas le choix. Elle est non seulement guerrière, mais également magicienne. Aussi déroutant et difficile soit-il, elle doit faire face à son destin. Il lui faut poursuivre sa recherche du pouvoir de voler, sinon sa vie rétrécira, ratatinera.

Ce jour-là, Wondeur sait que Faye a raison. Elle ira donc porter le cahier, comme elle en a fait le serment au dragon mourant.

Tranquille, Wondeur prend le cahier noir à tranche jaune et l'examine pour la première fois. Il lui apparaît plus épais qu'elle ne le croyait. Elle suppose qu'il contient quelques centaines de feuillets. En l'ouvrant à la page de garde, elle découvre, écrits à la hâte, les mots suivants:

Cher ami,
Une femme doit me succéder. Mes forces baissent, mes jours sont comptés. Si mon héritière vient à moi avant que je m'éteigne, je lui remettrai ce document. Elle vous le portera pour que vous l'instruisiez.

— Le dragon m'attendait… murmure Wondeur, effarée.

Elle contemple le cahier. Elle a l'impression de tenir l'âme de l'animal fabuleux dans ses mains.

Troublée, la fille aux cheveux rouges termine sa lecture:

Si vous entrez en possession de ce cahier, faites-le parvenir à l'adresse suivante.

En guise d'adresse, le dragon a simplement dessiné une petite carte géographique. Dans le coin nord-ouest de la carte, il a tracé un X au crayon gras. À part une topographie sommaire, rien d'autre n'est indiqué.

Wondeur feuillette le cahier. Il est entièrement rédigé en caractères qui suggèrent le chinois. Le texte, très dense, est divisé en deux parties. Vers la fin du cahier figure un tableau qui pourrait être un arbre généalogique. Dans les pages qui suivent sont consignées une série d'équations.

— Des formules magiques…

De plus en plus intriguée, l'apprentie magicienne se met à espérer:

— Et si l'héritage du dragon me permettait de retrouver le pouvoir de voler…

La fille aux cheveux rouges sort de sa chambre et va rejoindre Faye qui tricote toujours dans le salon. L'écharpe en laine de lama mesure près de cinq mètres. La magicienne accueille Wondeur en lui souriant affectueusement:

— Je t'attendais.

Heureuse de constater qu'elle n'a pas à justifier son comportement des jours précédents, Wondeur demande:

— Les écailles… croyez-vous qu'elles resteront?

— Je ne sais pas. J'ai consulté mes

livres et mes grimoires, j'ai questionné des confrères magiciens…

— C'est dans le cahier que se trouve l'héritage du dragon?

— Dans les pages du cahier, mais en toi également. Pendant ton séjour chez lui, le dragon t'a initiée, que tu t'en souviennes ou non. Ce savoir te sera révélé au fil des jours.

La fille aux cheveux rouges tend le cahier à Faye qui confirme:

— C'est du mandarin. Le destinataire doit savoir lire le chinois. Quelle est son adresse?

— Le dragon a dessiné une carte.

Les deux femmes se penchent sur la page de garde du cahier et examinent la carte. La topographie indique que le X se situe au niveau de la mer.

— Une baie… suppose la magicienne.

Faye Labrune ouvre le placard du salon. Quelques boîtes dégringolent, elle reçoit le manche d'une vadrouille sur la tête. Sans se troubler, Faye s'engouffre dans le placard et en rapporte une carte routière. Elle la déplie, l'étend par terre et s'agenouille devant. Elle repère tout de suite la Cité de verre:

— Tu vois, on est ici…

Wondeur n'imaginait pas la ville aussi près de l'océan.

Faye découpe le croquis du dragon et le pose sur la carte routière.

— Sorte d'affaire!

La baie dessinée par le dragon coïncide parfaitement avec celle située à la hauteur de la Cité de verre. Triomphante, Faye annonce:

— Le X désigne Santa Camillia, un village côtier réputé pour ses maisons construites en terre.

— Je n'ai ni l'adresse ni le nom du destinataire…

La magicienne se relève en époussetant sa jupe. Elle plonge ses yeux noirs dans ceux de sa protégée.

— On atteint son but un pas à la fois. Tu connais le nom du village. Le premier pas consiste à t'y rendre.

* * *

Quelques heures plus tard, la fille aux cheveux rouges quitte la roulotte de Faye. Vêtue de sa combinaison de vol trop courte fraîchement raccommodée, elle tient un

38

long bâton de pèlerin à la main. Chaque extrémité du bâton possède un compartiment secret. Le bracelet en corne de vache et le cahier du dragon y sont cachés.

Wondeur tourne courageusement le coin de l'impasse de l'Alligator sans un regard derrière elle. Sur le balcon de sa maison, minuscule entre les gratte-ciel, Faye agite en vain son mouchoir.

La voyageuse débouche sur la rue principale. Une chaleur suffocante lui saute à la gorge. Par temps de canicule, la Cité de verre se transforme en bain de vapeur et ses rues sont désertées par les piétons. Les vitres de leurs véhicules hermétiquement fermées, les automobilistes roulent à l'air climatisé et polluent au maximum.

La fille aux cheveux rouges longe des immeubles spectaculaires. Construits de verre et de métal, les édifices défient les lois de la gravité. Leurs murs miroirs reflètent implacablement la lumière du soleil, l'asphalte et le ciment l'irradient.

Wondeur ne se laisse pas distraire par les beautés de la Cité de verre. À grandes enjambées, elle traverse la rue principale et se faufile entre les trolleybus; leurs rails creusent des cicatrices dans le bitume.

Les pieds et le visage en feu, la jeune guerrière avance péniblement. D'une main, elle repousse les mèches de cheveux rouges qui lui collent aux tempes. En contournant un des systèmes de ventilation monstrueux qui alimentent chacun des buildings, elle bute sur quelqu'un:

— Excusez-moi…

— Salut! Ça va? crie l'autre à pleins poumons.

— Sorte d'affaire!

Wondeur ne se trompe pas. C'est bien LaPieuvre, en chair et en os, qui se tient devant elle. Elle a croisé le garçon alors qu'elle sillonnait la Cité de verre à la recherche du dragon. Sans son aide, elle ne serait jamais parvenue à la croix de néon rose à temps.

LaPieuvre a changé. Il a l'air plus vieux et dépasse Wondeur d'une tête. Il porte des lunettes fumées et l'image de la fille aux cheveux rouges se réfléchit dans les vitres miroirs.

Le garçon saisit Wondeur par la main et l'emmène à bonne distance du système de ventilation qui gronde à tue-tête.

— Tu as trouvé ce que tu cherchais?

La voix grave et basse de LaPieuvre

surprend Wondeur. Intimidée, elle fait oui
de la tête et s'informe:

— Tu pirates encore les ondes radio?

— Bien sûr. De plus en plus de gens
écoutent mon émission.

LaPieuvre observe Wondeur:

— Avec ce bâton de pèlerin, tu t'en vas
loin. Toi qui cherches toujours quelque
chose… cette fois, qu'est-ce que c'est?

42

Devant la perspicacité de LaPieuvre, Wondeur ne peut s'empêcher de sourire:

— Je cherche Santa Camillia.

Discret, le garçon ne pose pas d'autres questions.

— Je connais la route qui mène au village des maisons de terre. Je t'y conduis, si tu veux. J'ai un scooter.

Wondeur n'a aucune raison de refuser l'invitation. Avec LaPieuvre, la route sera plus agréable. Elle arrivera à destination plus rapidement.

— OK pour la balade.

LaPieuvre fait cinq pas et ramène sa motocyclette turquoise qu'il avait stationnée le long d'un mur de ciment. Il sort deux casques du porte-bagages.

La fille aux cheveux rouges coiffe un des casques et enfourche le scooter, derrière le conducteur.

Le garçon démarre, il roule lentement puis accélère. Le scooter a vite fait de traverser la fournaise de la Cité de verre. Il s'élance sur une route à double voie et atteint sa vitesse de croisière. La brise rafraîchit les motocyclistes.

Visage au vent, Wondeur ferme les yeux. L'esprit léger, elle oublie qu'elle a perdu ses pouvoirs, que le dragon est mort et qu'il lui pousse des écailles sur le bras. Plaquée contre le dos de LaPieuvre, elle fonce en direction de la mer. Elle souhaiterait que la balade ne finisse pas.

Les motocyclistes atteignent Santa Camillia au crépuscule. À leurs pieds, dans la lumière oblique du coucher de soleil, le village est superbe.

Côte à côte, le garçon et la fille hument avec délices l'air du large. Sans un mot, ils admirent l'astre de feu qui coule dans la mer et rosit les maisons rondes construites en terre. Mauves et vertes, les vagues balaient inlassablement la plage agrandie par la marée qui descend.

Quand le soleil a complètement disparu, LaPieuvre rompt le silence le premier:

— J'ai juste le temps de retourner à la Cité de verre pour diffuser mon émission pirate. Sinon, je resterais bien avec toi…

Heureuse et embarrassée, Wondeur s'exclame:

— C'est incroyable! Ça fait deux fois que je te trouve sur ma route pour me conduire.

— Il n'y a pas de hasard. Tu as toujours l'émetteur radio que je t'ai donné?

Wondeur plonge la main dans une des poches de sa combinaison de vol. Depuis sa première rencontre avec LaPieuvre, l'émetteur miniature ne l'a jamais quittée. Il est surprenant qu'elle ne l'ait pas perdu lors de son combat au sabre dans la caverne du dragon.

— Je t'appellerai, promet Wondeur.

Les deux amis se tiennent face à face avant de poursuivre chacun leur chemin. Wondeur s'approche de LaPieuvre et l'embrasse sur la joue.

— À bientôt, promet le garçon.

Il enfourche son scooter, en allume le phare et démarre. Il s'éloigne et Wondeur suit son ami des yeux jusqu'à ce que sa silhouette s'efface à l'horizon.

Chapitre III
Santa Camillia

Vénus apparaît, timide dans le ciel encore lumineux. La nuit s'annonce fraîche. La fille aux cheveux rouges décide d'attendre au matin pour entrer à Santa Camillia. Elle se met en quête d'un coin où s'abriter quand elle entend des bêlements.

— Des moutons…

Elle se dirige vers les cris et parvient à une bergerie. L'abri est fermé par une barrière. Les planches sèches et grises de la cabane sont disjointes. Il y fera plus chaud qu'à la belle étoile.

La voyageuse entre et découvre cinq brebis blanches et leurs petits. Le troupeau la dévisage, flegmatique.

Wondeur referme la barrière derrière elle et appuie son bâton de pèlerin contre un mur. Elle ramasse un tas de foin bien sec, se fait un lit à côté de l'auge des moutons et s'y jette de tout son long.

— Fiou…

Le vent s'est levé et siffle à travers les fissures de l'abri. Au loin, des coyotes hurlent leur appel sauvage et cruel. Alarmées, les brebis cessent de ruminer et tendent l'oreille.

Confortablement étendue dans la paille, Wondeur palpe les écailles de dragon qui ont poussé sur son bras. Elle ne s'y habitue pas. Elle songe ensuite à LaPieuvre et se demande si elle le reverra.

La plus grosse des brebis s'approche en faisant bruire le foin. La toison toute blanche, l'animal n'a qu'une tache noire sous le coin extérieur d'un oeil. On jurerait un grain de beauté.

— Salut, ça va? taquine Wondeur.

— Beau temps pour être en vie, réplique une voix basse.

Wondeur saute sur ses pieds. Le coeur battant, elle scrute la pénombre, elle attend, fébrile. Elle ne voit rien.

La grosse brebis avance vers elle.

— Tu vas dormir ici?

Désarçonnée, Wondeur fixe le mouton. La voix vient de l'animal. Il parle sans bouger les lèvres.

— Tu m'as fait peur, reproche la voyageuse.

— Il y a longtemps que j'ai rencontré un humain qui peut m'entendre penser.

— C'est bien la première fois que je vois un mouton qui réfléchit à voix haute, fait Wondeur, déconcertée.

Du fond de la bergerie parvient un bêlement nasillard. La brebis va rejoindre un agneau chétif couché dans un coin. Elle le flaire. Le petit se redresse sur ses pattes flageolantes. Il se glisse sous le ventre de sa mère et pousse une mamelle du museau. Il la tète goulûment en frétillant de la queue.

Wondeur ne se remet pas de sa surprise:

— On dirait pourtant un mouton ordinaire…

La brebis revient presque aussitôt vers Wondeur en hochant la tête à chacun de ses pas. Elle s'arrête près de la voyageuse et la prévient sans bouger les lèvres:

— Quelqu'un est caché derrière toi.

La fille aux cheveux rouges a juste le temps de contracter les muscles et d'esquiver le coup de poing qui vient par-derrière. Emporté par son élan, l'assaillant est tiré vers l'avant. Il plane au-dessus de la brebis au grain de beauté, roule sur le sol, puis se relève. Il fait face à Wondeur.

L'homme porte la barbe, la tunique noire et le médaillon. La jeune guerrière n'en doute pas: elle a affaire à un des clones de la secte d'Aïsha.

Debout en position de combat, le disciple a les yeux vides et froids. Si on en juge par la vitesse à laquelle il a réagi à l'esquive de Wondeur, il est parfaitement entraîné. Et prêt à tout pour s'emparer du bracelet.

Wondeur calcule ses chances de gagner la partie. Son assaillant est plus lourd qu'elle. En utilisant son bâton, elle en viendrait à bout. L'arme est appuyée à l'entrée de la bergerie et l'homme en bloque l'accès. Wondeur se défendra à mains nues, il n'y a pas d'autre issue.

La jeune guerrière se met en garde. Elle se concentre. Jambes écartées, genoux fléchis, elle ne quitte pas son adversaire des yeux tout en s'assurant la meilleure prise possible sur la litière de la bergerie.

Poings fermés, bras tendus, le disciple avance. Furieux, il lance une jambe haut dans les airs et exécute un fouetté en revers.

Wondeur n'a pas le loisir de compléter son blocage: le talon de l'homme s'arrête brutalement à quelques millimètres de son épaule, comme s'il avait frappé un mur de plomb invisible. La violence de la collision jette l'assaillant sur le dos.

Les deux combattants se considèrent, ébahis. Ni l'un ni l'autre ne comprend ce qui vient d'arriver.

D'abord subjugué par le choc, le disciple d'Aïsha reprend ses esprits. Il se

relève et applique un coup de poing avant en bondissant. Cette fois encore, le coup s'arrête à deux doigts du menton de Wondeur. Déséquilibré, l'assaillant est de nouveau projeté à terre.

L'homme se remet debout, hésite quelques secondes, puis saute agilement par-dessus la barrière de la bergerie. Il disparaît dans la nuit.

Sauvée miraculeusement, Wondeur se pince un bras pour s'assurer qu'elle ne rêve pas:

— Sorte d'affaire!

La fille aux cheveux rouges est incapable de toucher à sa peau. Son épiderme est couvert d'un voile diaphane et luisant. Un genre de mucus semblable à celui produit par les limaces et les escargots. Sauf qu'il est aussi dur que la pierre.

— C'est ce qui m'a protégée. On dirait une coquille…

Fascinée et inquiète, Wondeur craint de passer sa vie l'épiderme pétrifié comme une statue.

Au bout de secondes interminables, le mucus fond et elle recouvre sa peau habituelle. Éblouie, l'apprentie magicienne a soudainement une certitude:

— La coquille… c'est l'héritage du dragon. Le mouton qui parle aussi! Faye avait raison.

Wondeur touche son avant-bras gauche. À travers l'étoffe de sa combinaison de vol, elle tâte la marque du dragon. Les écailles lui apparaissent moins menaçantes, moins hostiles.

La jeune guerrière traverse la bergerie en direction de la brebis qui surveille son petit:

— Merci de m'avoir prévenue. Ton agneau est magnifique.

Elle s'accroupit et enlace le petit. Elle colle son nez contre le flanc du bébé mouton qui sent la laine et le lait.

La fille aux cheveux rouges prend son bâton de pèlerin et le pose sur la paille à côté de son lit de foin. Wondeur doit redoubler de prudence. Maintenant qu'Aïsha l'a retracée, elle ne lâchera pas prise.

* * *

Des brins de foin plein ses cheveux rouges, l'apprentie magicienne se réveille d'excellente humeur. Dans son sommeil, pour la première fois depuis son retour de chez le dragon, la femme qui promet de lui redonner ses pouvoirs est apparue. Wondeur juge ce rêve de bon augure.

— Bien dormi? questionne la brebis au grain de beauté.

— Merveilleusement, mais j'ai servi de repas à un insecte ou à une araignée.

Par-dessus sa combinaison de vol, Wondeur se frictionne le dos entre les omoplates. La piqûre cause une démangeaison.

La voyageuse s'étire et attrape son bâton de pèlerin. Elle fait ses adieux à la brebis.

— Où vas-tu? s'informe cette dernière.

— À Santa Camillia.

— À Santa Camillia, on y passe, mais on ne s'attarde pas… rétorque la brebis.

Et elle va s'occuper de son agneau.

— Euh… merci de l'information.

Wondeur constate que le langage des moutons est parfois énigmatique.

Après s'être assurée que personne ne la suit, la voyageuse met le cap sur Santa Camillia. La route descend à pic vers le village installé dans une anse du littoral. Le soleil est déjà haut. Il chauffe les écailles sur le bras de Wondeur. Il chauffe aussi sa piqûre d'insecte au milieu du dos.

La fille aux cheveux rouges passe l'entrée du village où on a cloué une affiche: *Station balnéaire Santa Camillia.*

Les rues sont étroites, bordées de petites maisons basses et rondes peintes de la couleur du sable. Des géraniums rouges poussent sur le rebord des fenêtres.

La voyageuse est frappée par le silence qui règne dans le village. À part le ressac des vagues et ses pas sur le macadam, elle ne repère aucun signe de vie.

Wondeur atteint la place publique sans rencontrer un chat. La place s'ouvre sur la mer où elle se prolonge en un large quai de pierre. Une quinzaine de goélettes y sont amarrées et tanguent au gré du courant.

Devant le quai, on a aménagé une fontaine qui ne coule pas. Son bassin vide est surmonté d'un ange sculpté dans la pierre grise et armé d'un glaive. L'ange écrase du pied la tête d'un dragon et le transperce de son épée. La vue de la statue provoque chez Wondeur un profond malaise.

— On veut toujours tuer les dragons.

Une intense sensation de brûlure et de démangeaison à la hauteur des omoplates lui rappelle subitement sa nuit dans le foin.

— C'est peut-être une piqûre de guêpe.

Wondeur explore les alentours en se frottant le dos.

Autour de la place, en plus d'une dizaine de maisons rondes, on a construit l'école et l'église. Au bout du clocher, une girouette en forme de baleine indique la direction du vent. À part la girouette, rien ne bouge et Wondeur a l'impression de s'être enfoncée au coeur d'un village fantôme. Les mains en porte-voix, elle crie:

— Il y a quelqu'un?

Comme si son appel les avait réveillées, les cloches de l'église se mettent brusquement à sonner à toute volée. Leur battant heurte violemment l'airain. Les cloches balancent à se décrocher et résonnent de plus en plus fort. Wondeur a l'impression que le clocher de l'église va s'effondrer.

— Le sonneur est devenu fou…

D'une rue secondaire émerge une fanfare. Une vingtaine de musiciens, tous vêtus d'un costume bourgogne à épaulettes frangées et dorées, avancent au pas. Avec tambour, tuba, xylophone, trompettes, cymbales, cors et clairons, ils jouent une marche militaire triomphale.

La musique est fausse. Son vacarme s'ajoute au fracas des cloches et c'est la cacophonie. Wondeur a les nerfs à fleur de peau.

La fanfare fait le tour de la fontaine et s'arrête devant l'église. Sur un signal du tambour-major, la musique et les cloches se taisent. Le silence saisit Wondeur. Elle a l'impression étrange d'avoir les oreilles bourrées de ouate.

Les portes des maisons qui donnent sur la place du village s'ouvrent en faisant grincer leurs gonds. Des gens en pantoufles et en pyjama sortent silencieusement, l'air absent.

— Des somnambules…

D'autres villageois en pyjama affluent des rues transversales. Tous vont comme s'ils étaient hypnotisés. Ils se dirigent vers le tambour-major.

Entraînée par le flot des somnambules, Wondeur est conduite près du directeur de la fanfare. L'homme introduit des pastilles dans la bouche de chacun des villageois qui se présente devant lui.

La fille aux cheveux rouges joue des
coudes pour sortir de la cohue. La voyant
échapper au tambour-major, des musiciens
pointent Wondeur du doigt.

Un à un, les villageois réintègrent leur
maison.

La distribution terminée, la fanfare s'en
retourne, silencieuse, par où elle est ve-
nue. Au milieu de la place, il ne reste que

l'ange exterminateur de dragon et Wondeur, médusée.

— Une station balnéaire où on drogue les gens…

La brebis avait raison. À moins d'avoir une coquille protectrice pour le moral, on ne s'attarde pas à Santa Camillia.

Chapitre IV
La pagode

Songeuse, l'apprentie magicienne surveille les musiciens qui s'éloignent. Pour retracer le mystérieux destinataire du cahier, inutile d'interroger les villageois. Dans l'état où ils sont, elle n'en tirerait rien. Wondeur décide de suivre la fanfare à distance.

Les musiciens vont jusqu'au bout de la rue qu'ils ont empruntée. Ils sortent du village et parviennent à un carrefour où sont agglutinées une dizaine de maisons rondes, plus grandes et plus hautes que celles de Santa Camillia. L'endroit fourmille d'activité.

Les musiciens se dispersent. Wondeur s'assoit à l'écart et étudie les lieux.

Les maisons abritent les services communs de la station balnéaire. D'après le va-et-vient, Wondeur déduit qu'il s'agit d'une buanderie, d'une infirmerie et d'une cafétéria. Parmi les travailleurs de la buanderie, elle repère un homme à barbe portant une tunique noire et un médaillon.

«Aïsha est tenace», remarque Wondeur.

Pour éviter d'attirer l'attention, le disciple pousse un chariot chargé de trois hautes piles de serviettes et de draps. Il a du mal à les garder en équilibre.

L'homme s'éloigne et Wondeur se dirige vers l'entrée de la cafétéria où elle aborde un aide-cuisinier de son âge.

— Excuse-moi… Je cherche un Chinois…

— Euh…

— Ou quelqu'un qui lit le chinois…

L'aide-cuisinier inspecte les alentours et baisse la voix:

— Le docteur Chang… On ne doit pas le fréquenter. Sa maison est sur la route derrière l'infirmerie.

Wondeur veut le remercier, mais l'aide-cuisinier est déjà parti. Perplexe, elle suit les indications du garçon. Pourquoi le médecin est-il interdit de fréquentation?

L'étroit chemin de terre serpente derrière l'infirmerie, il disparaît dans un champ de maïs. La voyageuse s'assure que le disciple d'Aïsha n'est pas à ses trousses. Elle s'engage dans le sentier.

Après une centaine de mètres, le chemin quitte le champ, file sous un bouquet de saules et rejoint le bord de la mer. Au loin, une drôle de maison se dresse sur les rochers. Construit en bois, l'édifice rappelle les temples chinois. Il a huit étages qui vont en rétrécissant. Le dernier, minuscule, est entouré d'un balcon avec une balustrade en fer forgé.

Peinte en orangé et or, la maison est coiffée d'un drôle de toit doré dont les versants retroussent gracieusement. Montée sur pilotis, elle donne l'impression d'être en équilibre instable. La vue de la pagode confirme à Wondeur qu'elle est sur la bonne voie.

Le sentier longe le littoral. Les vagues se fracassent sur les récifs et leurs embruns rafraîchissent Wondeur qui progresse vers la pagode. Au pied de l'escalier, devant l'entrée, on a suspendu un mobile fait de plusieurs pièces de métal. Il tinte gravement aux caprices du vent, improvisant chaque fois une musique.

Wondeur grimpe les quelques marches qui mènent à la pagode. Sur la façade, un écriteau accueille les visiteurs:

Docteur Chang
Guérison par les sons
Sonnez le gong et entrez

Du diamètre d'une roue de bicyclette, le gong est flanqué d'une baguette à tampon. Wondeur la saisit et frappe le gong.

— BOUONGUE!!!… OUONGUE!!!… UONGUE!… ONG…

Les vibrations de l'instrument n'en finissent plus de résonner dans le plexus solaire de la voyageuse.

La porte de la pagode est grande ouverte et la fille aux cheveux rouges pénètre dans une pièce toute blanche. Celle-ci contient quelques chaises et une table basse sur laquelle on a posé un vase où baignent trois lys, blancs eux aussi. Wondeur suppose qu'elle se trouve dans la salle d'attente.

Tous les murs de la pièce sont nus, sauf un. Sur ce mur pend une longue bannière en papier de riz. Le dessin représente une montagne escarpée. Des nuages sont accrochés au sommet enneigé devant lequel passe une volée de grands oiseaux.

Le vol des oiseaux fascine Wondeur. Il lui rappelle l'époque heureuse de sa vie où l'espace lui appartenait. Exilée du ciel, la fille aux cheveux rouges contemple le dessin quand elle sent une présence à ses côtés. Détournant les yeux, elle aperçoit un petit homme mince aux traits asiatiques qui l'épie derrière ses lunettes rondes.

— Ce dessin vous plaît, fait-il d'une voix chantante.

L'homme se tient dans l'embrasure d'une pièce adjacente à la salle d'attente. Ses cheveux noirs et droits sont coupés au carré à la nuque. Il porte une chemise blanche et un pantalon foncé. Son âge est indéfinissable. Il a l'air amusé.

— Je suis le docteur Chang. Il y a longtemps que j'ai eu des visiteurs.

Wondeur ne peut s'empêcher de répliquer:

— Vous êtes difficile à atteindre. Au village, on redoute de prononcer votre nom.

Le médecin joint les mains en posant l'extrémité de ses doigts sur ses lèvres. Après une brève réflexion, il lève les yeux vers Wondeur:

— La musique soigne les peines mieux que tout autre médicament, parce que la musique est le langage du coeur. Je suis

venu à Santa Camillia pour enseigner comment guérir par les sons. On a perverti ma méthode. Les soins donnés à la station balnéaire aujourd'hui sont une supercherie que je ne manque jamais de dénoncer. Voilà pourquoi j'ai mauvaise réputation.

Derrière ses lunettes, rien n'échappe au médecin. Il note la combinaison de vol trop courte et reprisée, les brins de foin dans les cheveux de Wondeur, son bâton de pèlerin.

— Que puis-je faire pour vous? demande-t-il.

— Vous lisez le mandarin?

— Bien sûr.

— J'aimerais vous soumettre un document.

Le docteur Chang incline légèrement la tête:

— Voulez-vous me suivre dans mon cabinet?

Wondeur entre dans une grande salle, aussi dénudée que la première. Un bureau, deux chaises et une bibliothèque, remplie de traités de médecine écrits dans plusieurs langues, constituent l'ameublement.

Sur le plancher est posée une natte de sisal recouverte d'un matelas de coton.

À côté de la natte, Wondeur aperçoit une harpe, une flûte, un gong, un tambour et un violon. Il se dégage du cabinet du docteur Chang une impression de calme, d'harmonie et de paix.

Le médecin invite Wondeur à s'asseoir. Il s'installe dans le fauteuil derrière le bureau:

— Je vous écoute, annonce-t-il en attrapant une feuille de papier et un crayon.

Wondeur dévisse une extrémité de son bâton de pèlerin. Elle en sort le bracelet en corne de vache qu'elle passe à son bras.

En une fraction de seconde, la fille aux cheveux rouges devient clairvoyante et plonge au coeur du coeur du médecin. Elle constate qu'il est habité par un désir ardent: celui de créer de la beauté. C'est pourquoi le docteur Chang peint, joue du violon et cultive les fleurs. C'est ainsi qu'il aime et éduque ses enfants.

À la vue du bijou en corne de vache, le Chinois est déconcerté:

— Vous portez le bracelet... du dragon!

La remarque confirme que le médecin est bien le destinataire du cahier. Wondeur dévisse l'autre extrémité de son bâton.

Elle en retire le cahier noir qu'elle tend au docteur Chang.

L'homme saisit le document et le feuillette rapidement. Puis il lève les yeux vers Wondeur comme s'il voulait repérer dans son visage un signe qui lui aurait échappé. Il replonge dans sa lecture.

Sur des charbons ardents, l'apprentie magicienne attend.

Le médecin s'absorbe dans le texte pendant de longues minutes. Plus il lit et plus son agitation est visible. Après un moment, il s'exclame:

— Ho! Les mémoires du dragon! C'est exactement ce qu'il me manquait pour terminer l'ouvrage que j'ai entrepris il y a trente ans. Dans la culture chinoise, le dragon est très important. En Chine, on a déterré des dragons sculptés qui datent de trois mille ans. De plus…

Le docteur Chang interrompt son exposé. Du ton de celui qui se trouve trop bavard, il s'enquiert:

— Mais qui êtes-vous?

— Je suis Wondeur, la fille aux cheveux rouges. Je suis malgré moi l'héritière du dragon à qui j'ai fait le serment de venir porter ce cahier.

— Le dragon est mort!

Le docteur Chang s'est levé en repoussant brusquement sa chaise. Il fait quelques pas puis s'arrête devant la fenêtre ouverte où il contemple les vagues de la mer. La brise gonfle sa chemise et soulève ses cheveux noirs et luisants.

Dans la pièce, on entendrait une mouche voler. Wondeur n'ose pas prononcer un mot.

Le recueillement du médecin s'achève par une confidence:

— Le dragon et moi étions de grands amis. Nous nous écrivions régulièrement.

Les yeux embués derrière ses lunettes, il revient s'asseoir.

— Je suis désolée de vous apprendre si brusquement la nouvelle, s'excuse Wondeur.

Le Chinois toussote pour raffermir sa voix.

— Je suis spécialiste des dragons... Toute ma vie, j'ai voulu en rencontrer un sans jamais y parvenir. Vous avez réussi là où j'ai échoué. Je vous envie. Vous vous dites héritière du dragon malgré vous. Qu'est-ce que ça signifie?

Et Wondeur raconte son histoire, depuis ce fameux rêve où une femme lui apparaît en promettant de lui redonner ses pouvoirs. Elle décrit le marché conclu avec le Cercle des magiciens et relate son séjour auprès du dragon mourant.

Le récit des aventures de Wondeur captive le médecin:

— Votre destin est certainement singulier…

La fille aux cheveux rouges en vient au but de sa visite:

— Je voudrais savoir si, dans les écrits du dragon, il est question du pouvoir de voler. Pouvez-vous m'éclairer?

— Je serai honoré de vous aider. Il faut m'accorder quelque temps pour lire le cahier. En attendant, voulez-vous être mon invitée?

Chapitre V
L'héritage

Un escalier en colimaçon mène à la chambre où séjourne Wondeur. La pièce, minuscule, est aménagée au dernier étage de la pagode. Elle est exiguë au point qu'on ne peut y faire plus de trois pas. Les fenêtres s'ouvrent sur un balcon étroit et offrent une vue époustouflante sur la mer.

Un matelas de coton couvre le plancher de la chambre. Wondeur s'y assoit et découvre deux livres déposés à la tête du lit. L'un porte sur la muraille de Chine et l'autre présente l'art chinois de la première à la dernière dynastie.

La fille aux cheveux rouges s'absorbe dans l'histoire de ce mur légendaire long de six cents lieues et construit deux cent quarante-sept ans avant Jésus-Christ. Elle lit le livre d'une couverture à l'autre. Quand elle le referme, le docteur Chang entre et dépose devant elle un bol de soupe fumante parfumée à la coriandre.

— Je n'ai pas terminé, s'excuse-t-il.

Et il disparaît.

Wondeur soupire. Après avoir dégusté la soupe, elle ouvre le second ouvrage. Elle le lit lui aussi de la première à la dernière page.

L'apprentie magicienne n'en peut plus d'attendre. Elle quitte sa chambre et descend l'escalier en spirale d'un trait, jusqu'au premier étage. Un peu étourdie, elle surgit dans le cabinet du docteur Chang.

Debout devant la fenêtre, le médecin ne lit pas. Les mains nouées dans le dos, il tient le cahier du dragon. Pensif, il contemple l'océan qui déroule ses vagues à l'infini. En entendant des pas, il abandonne à regret sa rêverie. Encerclé par les lunettes, son regard est tourmenté. Devant l'interrogation muette de Wondeur, l'homme s'éclaircit la voix.

— Hum…! Voilà. Le dragon me prie de vous transmettre son héritage. C'est une tâche délicate.

L'héritage du dragon n'intéresse Wondeur que pour une seule et unique raison:

— Est-il question du pouvoir de voler?

— Malheureusement non. Vous héritez d'un dragon de terre, un dragon qui ne

volait pas. Le dragon vous lègue cependant de nombreux autres pouvoirs.

Déçue, Wondeur n'écoute que d'une oreille quand le docteur Chang dit:

— Le cahier indique comment suivre les chemins de dragons, comment jeter des sorts…

Une grande lassitude gagne la jeune guerrière. Les bras ballants, debout au milieu de la place, elle songe à retourner à la Cité de verre. Le médecin poursuit son énumération:

— … comment garder l'amour de quelqu'un, comment visiter ses rêves, comment retracer un objet perdu…

Wondeur se ranime tout à coup:

— Comment visiter ses rêves?!

Un espoir fou s'empare de la fille aux cheveux rouges. Si elle visitait le rêve qu'elle fait constamment, elle pourrait enfin atteindre cette femme si belle qui promet, nuit après nuit, de lui redonner ses pouvoirs.

Fébrile, Wondeur s'informe:

— Comment fait-on pour visiter ses rêves?

Le docteur Chang se mord la lèvre inférieure. Il hésite. À contrecoeur, il explique:

— Selon le cahier, il est possible de visiter ses rêves à la condition de déchiffrer l'inscription gravée sur le bracelet en corne de vache.

— L'inscription… murmure Wondeur.

Une angoisse sourde lui serre la gorge.

L'apprentie magicienne pose les yeux sur le bijou qui lui ceint le poignet gauche. Les traits noirs et blancs qui décorent le bracelet seraient les caractères d'une mystérieuse écriture. Les dernières paroles du dragon mourant remontent à la mémoire de Wondeur et résonnent à ses oreilles:

— Ce bracelet est aussi une drogue… mortelle… Ceux qui déchiffrent son inscription peuv…

Emporté par une violente quinte de toux, le dragon avait dû interrompre sa phrase. Puis il avait ordonné à Wondeur de quitter la caverne sur-le-champ, avant que la Grande Faucheuse passe. La fille aux cheveux rouges est intriguée. Quel est ce danger dont le dragon voulait l'avertir?

Comme s'il devinait ses pensées, le docteur Chang précise:

— Le dragon prévient que l'entreprise est dangereuse. Permettez que je vous lise le passage en question.

Il feuillette le cahier.

— Je traduis à mesure.

Deux rides se creusent entre les sourcils du médecin qui se concentre.

— Euh… «Le monde des rêves est merveilleux, puisque tout y est possible. Le danger est de se laisser fasciner et de ne jamais en revenir. Cette fascination peut se comparer à celle qu'éprouvent les plongeurs en haute mer. On l'appelle l'ivresse des profondeurs…

«Devant la beauté du monde sous-marin, les plongeurs perdent toute prudence. Ils s'attardent et se grisent. Ils oublient qu'ils disposent d'une réserve d'oxygène limitée. Leur bonbonne se vide sans qu'ils se préoccupent de refaire surface. Ils se noient.»

Visiter ses rêves est une aventure périlleuse et Wondeur en mesure le danger. Elle ne reculera néanmoins devant aucune peur, devant aucun effort pour retrouver le pouvoir de voler.

— Je suis prête à courir le risque.

Le médecin tempère ses ardeurs:

— Avant que vous preniez une décision, il est de mon devoir de vous informer parfaitement. Dans la partie du cahier où il a rédigé ses mémoires, le dragon précise davantage…

Le docteur Chang mouille l'extrémité de son majeur et tourne rapidement les pages du cahier noir.

— En substance, voici ce qui est écrit. «J'ai volé le bracelet à un sorcier pris au piège de ses rêves. Jour et nuit, ce sorcier vivait dans un monde imaginaire, assis par terre dans un coin de sa maison…

«Depuis des semaines, il avait oublié ceux qu'il aimait, il ne parlait plus à personne, avait cessé de manger et ne se lavait plus. Quand je l'ai croisé, il était à moitié mort. En lui prenant le bracelet, je lui ai en quelque sorte sauvé la vie…»

Wondeur se promet d'être d'une extrême prudence. Le docteur Chang poursuit:

— Plus loin, le dragon parle de sa propre expérience.

Le médecin cherche dans le cahier.

— Ah, voilà! Je traduis. «J'ai mis beaucoup de temps à revenir de la première visite de mes rêves. La porte qui menait à la réalité se dérobait toujours. Chaque fois que je croyais l'avoir repérée, un nouveau songe venait m'ensorceler. J'ai voyagé dans les dédales de mes rêves comme on erre dans un labyrinthe. Après trente-six heures d'errance, j'ai découvert la sortie par hasard.»

La fille aux cheveux rouges a écouté religieusement le compte rendu du dragon. Les mises en garde successives ne l'ont pas fait changer d'idée.

— Je suis prête à courir le risque. Il me faut d'abord déchiffrer l'inscription du bracelet.

Le médecin demeure silencieux et Wondeur a l'impression que le mutisme de son interlocuteur dissimule le renseignement qu'il lui faut.

— Le dragon a-t-il noté le déchiffrement de l'inscription? demande-t-elle.

Mauvais comédien, le médecin se met à tourner les pages du cahier.

— Euh… Je consulte les formules magiques.

Pour protéger Wondeur, l'homme préférerait ne rien révéler.

— Hummm, voyons… Bracelet… Bracelet… Oui… Oui. J'ai ici le déchiffrement de l'inscription…

— Excellent!

La fille aux cheveux rouges est plus que jamais résolue à visiter ses rêves. Devant tant de détermination, le docteur Chang capitule:

— Je vous aiderai, si vous voulez…

Wondeur saute de joie. Le médecin a l'air embarrassé.

— Je vous en prie, ne me remerciez pas. Il reste une formalité dont je dois m'occuper. Dans ses dernières volontés, le dragon stipule qu'avant de divulguer quelque information que ce soit à propos de son héritage, je dois m'assurer que mon interlocuteur porte bel et bien sa marque.

Wondeur repousse la manche de sa combinaison de vol et la Queue du dragon apparaît. Curieux et étrangement ému, le docteur Chang effleure du doigt les écailles irisées qui scintillent délicatement.

— C'est bien la marque du dragon, confirme-t-il.

Il lève les yeux vers la jeune fille:

— Est-ce que les autres écailles ont commencé à pousser?

— Les autres écailles…

Le visage de Wondeur s'est figé. Elle voudrait être sourde et que son cerveau cesse immédiatement de fonctionner.

À quelques pas d'elle, le docteur Chang se tient penaud.

— Je me doutais que vous n'étiez pas au courant. J'aurais préféré ne pas avoir à vous annoncer la nouvelle. Vous êtes héritière du dragon à part entière. Les autres écailles ne devraient pas tarder à se manifester.

Wondeur veut protester. Elle est incapable d'émettre un son. Ce que raconte le docteur Chang n'a pas de sens. Elle refuse de croire qu'elle va se transformer en…

L'apprentie magicienne a des sueurs froides sur le front. Le sol se dérobe sous ses pieds. D'où viennent ces stridulations qu'elle entend subitement?

— Assoyez-vous, ordonne le médecin en lui tirant une chaise.

Wondeur se remet lentement de son malaise.

— Ça va? s'assure le docteur Chang, l'air coupable.

Wondeur a les mains glacées, la gorge serrée.

— Je n'ai pas d'autres écailles, réussit-elle à articuler.

Le médecin explique:

— Il se peut que les écailles n'aient pas commencé à se multiplier. Dans son cahier, le dragon écrit qu'elles se manifestent en premier lieu sous forme de démangeaisons ou de brûlures.

La voyageuse se rappelle la piqûre d'insecte rapportée de sa nuit dans la bergerie. Les démangeaisons durent. Et la piqûre brûle chaque fois que Wondeur s'expose au soleil.

«Comme les écailles de la Queue du dragon sur mon bras», constate l'apprentie magicienne.

Wondeur décide que, au point où elle en est, il vaut mieux tirer l'histoire au clair. La voix tremblante, elle demande:

— Voulez-vous m'examiner?

Dos au médecin, elle baisse la fermeture éclair de sa combinaison de vol. Elle descend le vêtement jusqu'à la taille.

Le docteur Chang s'approche et ajuste ses lunettes rondes. Il confirme ce que Wondeur sait déjà:

— Vous avez quelques écailles à la hauteur des omoplates. Il n'y a pas à s'y tromper, ce sont des écailles pareilles à celles de votre bras.

L'apprentie magicienne se sent prise au piège d'un destin tout tracé. Machinalement, elle se rhabille. Elle remonte la fermeture éclair de sa combinaison de vol.

— L'héritage du dragon est une malédiction, dit-elle.

— L'épreuve est difficile, je sais. C'est pourquoi je tardais à vous parler. J'aurais d'abord voulu trouver le moyen d'adoucir votre sort.

Dans un ultime espoir, Wondeur se tourne vers le médecin et suggère:

— L'apparition des écailles est peut-être réversible.

— Je n'ai rien lu de semblable dans le cahier.

— Mais… combien va-t-il en pousser?

— Je l'ignore.

Wondeur suppose que ses jours d'humaine ordinaire sont comptés. Bientôt, peut-être, elle sera un dragon.

— Je dispose de combien de temps?

— Je n'ai pas non plus cette information, répond à regret le médecin.

Les yeux fixés au sol, Wondeur imagine son visage, ses mains, ses jambes, son corps entier couvert d'écailles.

Elle se voit, solitaire et abandonnée, semant l'épouvante sur son passage. Poursuivie par les chasseurs de dragons, elle se terre dans les cavernes noires et les caves humides. Traînant son malheur, elle rencontre Faye et LaPieuvre qui ne la reconnaissent plus. Aura-t-elle seulement le temps de voir son père une dernière fois avant de se métamorphoser?

Le docteur Chang touche l'épaule de l'apprentie magicienne et la tire de sa rêverie morose:

— Rien ne sert d'imaginer le pire.

Wondeur revient brusquement sur terre. Le docteur Chang a raison. Le coup est dur, mais rien n'est certain. La croissance des écailles pourrait aussi s'arrêter. Puisque le cahier du dragon ne donne aucune précision, mieux vaut espérer. Et tirer le meilleur parti de cet héritage maudit.

La fille aux cheveux rouges s'est fixé le but de retrouver ses pouvoirs. Contre vents et marées, elle poursuivra sa quête.

Au grand étonnement du docteur Chang, Wondeur relève fièrement la tête:

— M'aiderez-vous à visiter mes rêves?

Le médecin sourit, impressionné. Il joint les mains à hauteur de poitrine et incline légèrement le buste.

— Je ferai de mon mieux.

Le docteur Chang marche jusqu'à la natte où il saisit son violon.

— Maintenant, il nous faut de la musique.

Face à la fenêtre, il pose l'instrument sur son épaule et y appuie le menton. Il

90

ferme les yeux et frotte l'archet sur les cordes du violon.

Dès les premières notes, le corps entier de Wondeur vibre. Mieux que n'importe quelle parole, la musique du violon chante le désarroi de la future dragonne. Elle exprime la douleur du médecin qui a perdu son ami le dragon.

Le regard perdu dans la mer turquoise, Wondeur écoute la musique qui pleure pour elle. La fille aux cheveux rouges laisse couler sa peur et sa peine.

Quand s'éteignent les derniers sons, Wondeur et le docteur Chang sont paisibles. Et presque consolés.

Wondeur s'apprête à visiter le monde étrange de ses rêves.

.

Table des matières

Achevé d'imprimer
sur les presses de Litho Acme inc.